요술 부채

글 배효정 ㅣ 그림 이다현

오랜 옛날, 아주 무더운 여름날이었어요.
하늘나라 옥황 상제*가 신기한 요술 부채*를
땅에 떨어뜨리고 말았어요.
빨간 부채와 파란 부채였어요.
그 때 숲을 지나가던 나무꾼이 부채를 주웠어요.
"어? 웬 부채가 산 속에 떨어져 있지?
마침 더웠는데 잘 됐군!"

*옥황 상제 : 도교에서 '하느님'을 일컫는 말.
*부채 : 손에 쥐고 흔들어서 바람을 일으키는 기구.

4

나무꾼은 그늘에 앉아 부채질을 시작했어요.
나무꾼은 먼저 빨간 부채로 부채질을 하였어요.
그런데 부채질을 하면 할수록 얼굴이 자꾸만 무거워졌어요.
얼굴을 더듬더듬 만져 보던 나무꾼은 깜짝 놀라고 말았어요.
코가 길다랗게 늘어나 있지 뭐예요!
"아니, 이게 어찌 된 일이지?"

나무꾼은 이번에는 파란 부채를 집어 들었어요.
"안 되겠어. 파란 부채로 한번 부쳐 봐야지."
그러고는 열심히 부채질을 하였어요.
파란 부채로 부치자 신기하게도
코가 다시 조금씩 작아지는 것이었어요.
"정말 신기한 부채로군."

나무꾼은 지게*도 팽개치고
집으로 허둥지둥 돌아왔어요.
"옳지, 아내에게 부채를 좀 부쳐 볼까?"
나무꾼은 아내의 얼굴에 빨간 부채를
들이대고 부채질을 하였어요.
아내의 코가 쭉쭉 길어졌어요.
다음에는 파란 부채로 살살 부쳤어요.
아내의 코가 쑥쑥 줄어들었어요.
"역시 내 생각이 맞았군. 이건 요술 부채야."
나무꾼은 싱글벙글 웃으며 좋아했어요.

*지게 : 짐을 지기 위해 나무로 만든 운반 기구의 한 가지.

그러던 어느 날, 밖에 나갔던 아내가
얼굴을 잔뜩 찌푸린 채 돌아왔어요.
"무슨 일로 그렇게 화가 났소?"
나무꾼이 아내에게 물었어요.
"모두들 부잣집 잔칫집에 갔는데
우리에게는 아무 소리도 없잖아요."
그 말을 들은 나무꾼은 은근히 화가 났어요.
'가난한 나무꾼이라고 무시를 하는군.'
나무꾼은 빨간 부채를 들고 집을 나섰어요.

부잣집은 여기저기 잔치를 즐기는 사람들로
북새통*이었어요. 나무꾼은 한가운데에 앉아 있는
주인 영감*의 곁으로 슬그머니 다가가 말했어요.
"더우실 텐데 제가 부채질 좀 해 드릴까요?"
"에헴! 그러게나!"
나무꾼은 빨간 부채로 부채질을 하였어요.
주인 영감의 코가 쭉쭉 커졌지요.
나무꾼은 얼른 인사를 하고 집으로 돌아왔어요.

*북새통 : 야단스럽게 부산을 떨며 법석이는 상태.
*영감 : 옛날, 높은 벼슬 자리에 있던 사람을 일컫던 말.

며칠 후, 마을에는 부잣집 영감이
끙끙 앓아 누웠다는 소문이 퍼졌어요.
"용한* 의원들도 무슨 병인지 모른대."
"영감님의 병을 고치는 사람에게 많은 돈을 준다지 뭐야."
사람들은 쑥덕쑥덕 소문을 주고받았어요.
나무꾼의 귀에도 그 소식이 전해졌지요.
"하하하! 이제 내가 나서 볼까?"
나무꾼은 파란 부채를 들고 부잣집을 찾아갔어요.

*용하다 : 재주가 보통보다 뛰어나게 좋다.

17

부잣집 영감은 소문대로 자리를 깔고 누워 있었어요.
나무꾼은 자신에 찬 목소리로 말했어요.
"병을 고쳐 드리면 정말 많은 돈을 주실 거지요?"
"그렇다니까. 그런데 자네가 병을 고칠 수 있겠나?"
부잣집 영감은 못 믿겠다는 눈초리로 나무꾼을 바라보았어요.
"제 말대로만 하세요. 눈을 꼭 감으세요."
나무꾼은 영감이 눈을 감은 사이에 **파란 부채**를 꺼내어
영감의 얼굴에 부채질을 하였어요.
그러자 영감의 코가 원래대로 돌아왔지요.

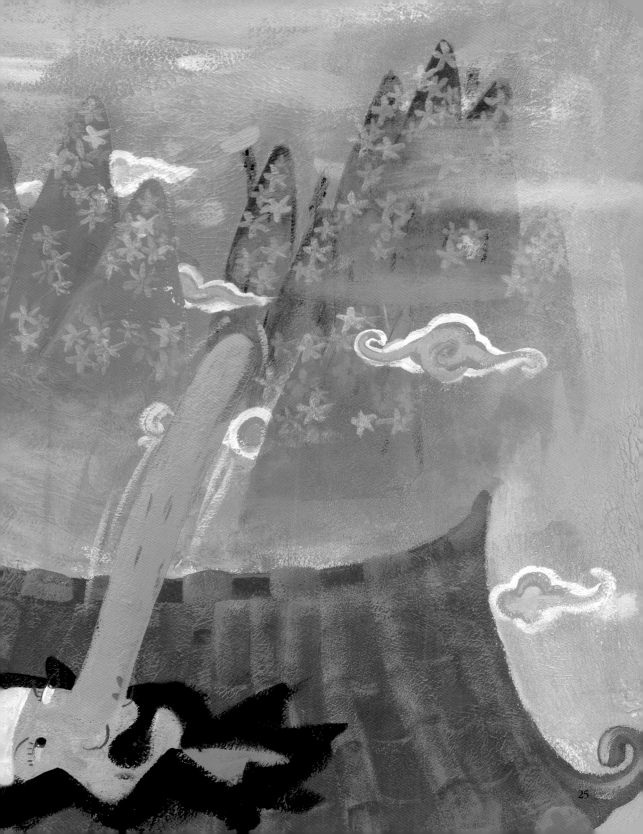

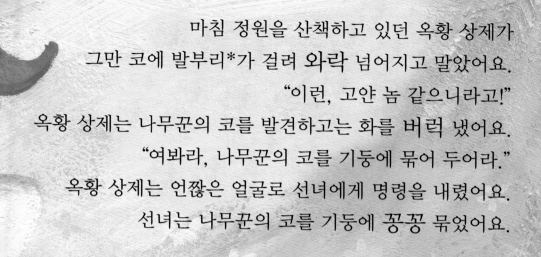

마침 정원을 산책하고 있던 옥황 상제가
그만 코에 발부리*가 걸려 **와락** 넘어지고 말았어요.
"이런, 고얀 놈 같으니라고!"
옥황 상제는 나무꾼의 코를 발견하고는 화를 버럭 냈어요.
"여봐라, 나무꾼의 코를 기둥에 묶어 두어라."
옥황 상제는 언짢은 얼굴로 선녀에게 명령을 내렸어요.
선녀는 나무꾼의 코를 기둥에 꽁꽁 묶었어요.

*발부리 : 발끝의 뾰족한 부분.

"아얏! 무슨 일이지? 왜 코가 아플까?"
나무꾼은 빨간 부채의 부채질을 얼른 멈췄어요.
"이제 그만 원래대로 돌아와야겠다."
나무꾼은 파란 부채를 들어 코에 대고 부쳤지요.
"작아져라, 작아져라!"
그런데 부채질을 하자 코가 줄어드는 게 아니라
몸이 둥실둥실 하늘 위로 떠오르는 게 아니겠어요?

그 때 하늘나라 옥황 상제가 다시 선녀를 불렀어요.
"이제 그 녀석도 혼쭐이 났을 테니
그만 코를 풀어 주어라."
선녀는 나무꾼의 묶인 코를
살살 풀어 주었어요.
그러자 하늘 위에 둥실 떠 있던
나무꾼이 땅으로 곤두박질치기 시작했어요.
"아, 내가 쓸데없는 욕심을 부렸구나!"
나무꾼은 땅으로 떨어지면서
후회의 눈물을 흘렸답니다.